24 MARS 1887

Mr Beurdeley

BEAUX

OBJETS D'AMEUBLEMENT

ET

TAPISSERIES

DU

XVIIIe SIÈCLE

1re vente Beurdeley

Exemplaire d'A. Beurdeley

HOMO ADDITUS NATURÆ.

OBJETS D'AMEUBLEMENT

ET

TAPISSERIES

DU

XVIIIe SIÈCLE

PARIS. — IMPRIMERIE DE L'ART

E. MÉNARD ET J. AUGRY, 41, RUE DE LA VICTOIRE

CATALOGUE

DE BEAUX

OBJETS D'AMEUBLEMENT

DU XVIIIe SIÈCLE

Beaux Bronzes Louis XV et Louis XVI

Candélabres, Pendules, Chenets, Appliques, etc.

CARTEL DE CAFFIERI

Beau Lustre garni de cristaux de roche

Petits Meubles en marqueterie de bois

Tables, Secrétaires, Commodes, Guéridons, etc.

Sièges couverts en tapisserie

Potiches de vieux Chine — Sculptures diverses

TAPISSERIES

Tapis d'Orient — Peintures

Provenant en partie du château de X...

ET DONT LA VENTE AURA LIEU

HOTEL DROUOT, SALLE N° 1

Le Jeudi 24 Mars 1887

A DEUX HEURES

Me PAUL CHEVALLIER

COMMISSAIRE-PRISEUR

10, rue de la Grange-Batelière, 10

M. CHARLES MANNHEIM

EXPERT

7, rue Saint-Georges, 7.

EXPOSITIONS : Le Mercredi 23 Mars 1887

Particulière : *de 1 heure à 3 heures*

Publique : *de 3 heures à 5 heures 1/2*

CONDITIONS DE LA VENTE

Elle sera faite au comptant.

Les acquéreurs paieront, en sus des adjudications, *cinq pour cent* applicables aux frais.

L'Exposition mettant le public à même de se rendre compte de l'état des objets, il ne sera admis aucune réclamation une fois l'adjudication prononcée.

DÉSIGNATION DES OBJETS

BRONZES D'ART ET D'AMEUBLEMENT

1 — Paire de très beaux candélabres Louis XVI, en bronze ciselé et doré, à dix lumières, d'un remarquable modèle à vase supporté par un trépied. Les montants de ce trépied, élevé sur socle triangulaire, se terminent en pieds de biche et leur extrémité supérieure est formée d'une tête d'oiseau avec anneau mobile dans le bec.

Les vases sont enguirlandés de pampres, et les branches porte-lumières, accotées au col, sont feuillagées et disposées sur deux rangs.

Vente San Donato.

2 — Paire de beaux candélabres à six lumières, en bronze, composés chacun d'un groupe de trois femmes dos à dos, costumées à l'antique, en bronze à patine brune, portant sur leurs têtes, en façon de cariatides, un vase à flammes,

accoté de six bras cannelés en spirale. Ces groupes sont placés sur des piédestaux cylindriques en marbre griotte, décorés de guirlandes de fruits en bronze doré et reposant sur des griffons de bronze patiné, élevés sur socle à ressauts en marbre vert de mer.

Vente San Donato.

3 — Très beau petit cartel en bronze giselé et doré, à rocailles et festons de fleurs, surmonté d'une étoile. Sous le cadran, sont placés une figurine de Cupidon dans son char et un cartel portant l'inscription : FAIT PAR CAFFIERI. Cadran au nom de *Julien Le Roy*.

4 — Petit cartel de la Régence, en bronze, de forme chantournée; cadran au nom de *Causard, horloger du Roy*.

5 — Petit cartel de l'époque Louis XIV, plaqué d'écaille et garni de cuivres ciselés et dorés; il est de forme très élégante et porte le nom de *Thuret*.

6 — Pendule du temps de Louis XV, en bronze ciselé et doré, à cadran surmonté d'un trophée

d'armes et reposant sur un coussin posé au sommet d'un fût cannelé et enguirlandé de chêne. Elle porte la signature de *Pajot*.

7 — Pendule Louis XVI en bronze ciselé et doré. Elle est carrée, ornée de feuillages, cantonnée de colonnes cannelées et flanquée de retombées de fruits. Un petit vase de marbre blanc forme le couronnement. Elle repose sur un socle aussi en marbre blanc, à pourtour orné de balustres en bronze ressortant sur un fond de verre bleu. Cadran au nom de *Hilger, à Paris*.

8 — Petite pendule de l'époque Louis XVI, en bronze doré ; elle est flanquée de consoles renversées et surmontée d'une figurine de l'Amour. Cadran au nom de *Lemasurier, à Paris*.

9 — Charmante petite pendule de l'époque Louis XVI, en bronze ciselé et doré, à cadran tournant. Elle est en forme de vase ovoïde, à mascarons et à anses feuillagées s'appuyant sur des masques faunesques. Ce vase repose sur un fût cannelé, décoré de guirlandes de fruits.

10 — Jolie pendule borne du temps de Louis XVI, en marbre blanc, garnie de feuilles d'eau, de

perles, de rinceaux ajourés, flanquée de cornes d'abondance et surmontée d'un trophée des emblèmes de l'Amour, en bronze ciselé et doré.

11 — Pendule du temps de Louis XVI, en marbre blanc, garnie d'une frise ajourée, de feuillages et de perles et ornée d'un sujet : Nymphe endormie et l'Amour, en bronze ciselé et doré. Cadran au nom de *Cachard successeur de Charles le Roy.*

12 — Pendule Louis XVI, en bronze doré, à statuette d'enfant tenant une rose et ayant à ses pieds les attributs de l'Amour. Le cadran, au nom de Lepaute, à Paris, est surmonté d'un vase de fleurs. Socle rectangulaire, en marbre blanc à frise d'enfants en bronze doré et cordon de perles.

13 — Paire d'appliques en bronze ciselé et doré de la Régence, à deux lumières contournées à rocailles et à jours, et à tiges ornées : l'une d'un lapin, l'autre d'une cigogne.

14 — Paire d'appliques du temps de Louis XV, à deux bras mouvementés, garnis de feuilles, en bronze ciselé et doré. Modèle rare.

15 — Paire d'appliques à trois lumières, en bronze ciselé et doré, tige cannelée, surmontée d'un vase enguirlandé de feuilles de chêne, bras cambrés, à feuillages. Époque Louis XVI.

16 — Paire d'appliques à deux lumières, en bronze ciselé et doré, d'un gracieux modèle à rocailles et feuillages. Époque Louis XV.

17 — Paire d'appliques de l'époque Louis XV, de forme mouvementée, à deux bras porte-lumières.

18 — Deux bras-appliques du temps de Louis XV, en bronze doré, modèle rocaille et perroquets.

19 — Deux chenets du temps de Louis XIV, en cuivre doré : Lions couchés sur socles oblongs, ornés.

20 — Statuette de faune, en bronze.

21 — Garniture de cheminée : Pendule (Zingara de Clesinger) et deux vases, de chez Barbedienne.

*

22 — Deux flambeaux de l'époque Louis XVI, en bronze ciselé et doré ; la tige est formée de trois cariatides de femmes adossées et le pied, à médaillons et feuilles d'acanthe, est bordé d'un tore de laurier. Fonte légère, beau modèle.

23 — Paire de beaux chenets, en bronze ciselé et doré, du temps de Louis XVI, composés chacun d'un brûle-parfums à trépied reposant sur un fût circulaire cannelé et à frise de festons de laurier, relié par une traverse à un second fût de même ornementation. A la base du premier, on lit : « Blerzy, *doreur de la Verrerie* », puis les lettres « C. R. » séparées par une couronne royale et le chiffre 24 (château de Rambouillet ?)

24 — Paire de chenets du temps de Louis XVI, formés de griffons en bronze bronzé, sur socle à gorge feuillagée, en bronze ciselé et doré.

25 — Paire de chenets en bronze du temps de Louis XIV, modèle à vase orné sur piédestal quadrangulaire à godrons et médaillons-bustes.

26 — Paire de grands chenets Louis XV, en bronze ciselé et doré, élégant modèle à rinceaux mouvementés, entremêlés de feuillages et de graines.

27 — Paire de chenets de l'époque Louis XIV, formés de sphinx couchés, en bronze patiné, élevés sur une base à feuilles d'acanthe supportée par deux pieds carrés à godrons.

28 — Deux groupes d'enfants : les Jeux de Bacchus, en bronze à patine brune, élevés sur socles à angles coupés, en bronze doré. Époque Louis XVI.

29 — Deux groupes d'animaux, en bronze, du temps de Louis XVI, à patine médaille : Lion attaquant un taureau, Lion attaquant un cheval. Plinthes en marbre bleu turquin et marbre griotte, bordées d'un cordon de perles en bronze doré.

30 — Beau lustre en bronze garni de cristaux de roche.

31 — Deux presse-papiers de l'époque Louis XVI : Levrettes en bronze patiné, couchées sur des coussins en bronze doré. Socles à moulures en marbre turquin.

32 — Coupe en porphyre rouge d'Orient, supportée

par deux enfants en bronze à patine blonde, reposant sur un socle de même porphyre garni d'un tore et d'une plinthe en bronze doré.

33 — Deux petits vases ovoïdes en porphyre avec monture de bronze ciselé et doré, col et couvercle cannelés, anses surélevées à feuillages et piédouche creusé de canaux en spirale.

34 — Deux vases élancés et à long col, en faïence de Nevers émaillée bleu avec collerette, anses serpents et base à griffes en bronze ciselé et doré de l'époque Louis XVI.

35 — Encrier du temps de la Régence, en cuivre gravé et doré, à plateau chantourné supportant quatre godets, un briquet, une sonnette et une tige sur laquelle glissent deux bras porte-lumières.

MEUBLES ANCIENS

36 — Charmante petite table de forme originale, plaquée de citronnier et finement marquetée sur le dessus et sur la ceinture, de théières, tasses, vases, objets de bureau, etc.; les pieds carrés ont

une cannelure simulée en amarante et sont surmontés d'une applique en bronze doré. Époque Louis XVI.

Vente Guntzberger.

37 — Petit bureau de dame de l'époque Louis XVI, en bois des îles, finement décoré en marqueterie de bois clair, offrant sur la tablette un médaillon ovale qui représente un faisan. La ceinture est décorée d'une grecque.

38 — Charmante petite commode de l'époque Louis XVI, à pieds légèrement cintrés. Elle est plaquée de bois rose et décorée sur la face et sur les côtés de compartiments à vases de fleurs surmontés de postes encadrées de moulures de bronze. Les angles du meuble, en chanfrein, sont ornés d'une gaine à guirlandes en bronze doré. Dessus en marbre.

39 — Petit secrétaire du temps de Louis XVI, marqueté à carrelage en bois rose et amarante et garni de cuivres. Tablette de marbre rouge des Flandres.

40 — Petit bureau du temps de Louis XVI, en bois d'acajou, garni de cuivres polis; il est de forme

ovale et à quatre pieds creusés de cannelures d'angle et reliés à leur base par une tablette. Dessus en marbre entouré d'une galerie à balustres de cuivre et surmonté d'un petit corps à trois tiroirs.

41 — Petit secrétaire de l'époque Louis XV, en laque fond noir, à décor de figures chinoises et de kiosques en dorure, richement garni de cuivres rocailles en bronze ciselé et doré. Tablette de marbre blanc.

42 — Petit meuble-crédence en bois sculpté, décoré sur les portes de figures allégoriques en bas-relief et cantonné de colonnettes engagées.

43 — Guéridon Louis XVI, à quatre pieds fuselés et annelés, en bois sculpté, peint en bleu et doré. La ceinture est ornée d'un laurier que surmonte un ruban. Dessus en marbre rouge du Languedoc.

44 — Glace à biseau dans un beau cadre de style Louis XVI, à canaux et feuilles d'eau, surmonté d'un cartel enguirlandé de fleurs et de lauriers.

45 — Grande table en bois sculpté, sur piliers composés de cariatides fantastiques ailées, reliés par une traverse à enroulements, mascarons et groupe de fruits, dans le goût du XVIe siècle.

46 — Console de style Louis XV, en bois sculpté et doré, à dessus de marbre blanc.

47 — Meuble de salon du temps de la Régence, composé de douze fauteuils et d'un canapé en bois sculpté, couvert de tapisserie à larges fleurs.

48 — Sept grands fauteuils de même époque, également en bois sculpté, couverts de tapisserie à larges fleurs.

49 — Écran de même travail que les meubles qui précèdent.

50 — Grande pendule-applique et son socle cul-de-lampe du temps de Louis XIV, en marqueterie d'écaille et de cuivre, garnie de bronzes et à cadrans multiples.

51 — Table-console du temps de Louis XIV, en bois sculpté et doré, à dessus de marbre.

52 — Console de style Louis XV, en bois doré.

53 — Douze fauteuils de la Régence, en bois sculpté, foncés de canne.

54 — Traîneau du commencement du XVIIIe siècle, en bois sculpté et doré, avec panneaux peints et dorés.

TAPISSERIES

TAPIS D'ORIENT

55 — Belle et grande tapisserie du XVIᵉ siècle, représentant le Triomphe d'un roi, avec bordure décorée de divinités de la Fable, de Tritons, d'oiseaux, d'animaux et de motifs de paysage.

56 — Tapisserie de la même suite, représentant un roi à cheval, entouré de guerriers et précédé de personnages tenant des torches. Bordure pareille à celle de la tapisserie qui précède.

57 — Tapisserie de la même suite et avec bordure semblable; elle représente un baptême.

58 — Autre avec même bordure et à sujet tiré de l'histoire de David.

59 à 62 — Suite de quatre tapisseries flamandes du temps de Louis XIV, représentant des scènes champêtres, compositions à petits personnages dans des paysages pittoresques et accidentés.

Les bordures à guirlandes de fleurs et de fruits offrent des vases et des perroquets.

63 — Petit panneau en tapisserie du xviie siècle : Saint Martin partageant son manteau.

64 — Deux belles portières en tapisserie verdure et animaux, avec bordure haut et bas.

65 — Tapis de table, composé de bandes de tapisserie.

66 — Coffre à bois, couvert de tapisserie.

67 — Grand et ancien tapis de Perse, velouté, à décor de fleurons et d'entrelacs sur fond bleu, avec bordure à ornements et inscriptions sur fond rouge.

PEINTURES

68 — Quatre dessus de portes du temps de Louis XVI : peintures attribuées à Gérard van Spaendonck, représentant des corbeilles de fleurs suspendues au-dessous de guirlandes de fleurs et de fruits retombant sur les côtés. Cadres du temps en bois sculpté et peint en blanc, à perles et rais de cœur.

SCULPTURES

69 — Marbre blanc. Bas-relief rectangulaire représentant un sujet tiré de l'histoire romaine. XVIIe siècle.

70 — Marbre blanc. Médaillon ovale : portrait de Philippe V, roi d'Espagne, en bas-relief. Cadre à moulure en marbre bleu turquin.

71 — Ivoire. Bénitier en ivoire sculpté et ajouré ; la plaque, de forme ovale, représente la Résurrection ; la coupe est ornée de chérubins.

72 — Terre cuite. Buste présumé de Mademoiselle Clairon.

73 — Terre cuite. Deux beaux vases, forme Médicis, à pourtour décoré de figures mythologiques en bas-relief ; anses à têtes de femmes, culot godronné, piédouche à canaux en spirale.

74 — Petit cadre ovale en bois sculpté et doré, du temps de la Régence, à rinceaux, feuilles, coquilles et festons de fleurs.

75 — Petit cadre rectangulaire en bois sculpté et doré, de l'époque Louis XIV, à décor de rinceaux et de fleurettes sur fond strié.

76 — Petit cadre en bois sculpté et doré, de l'époque Louis XV, à rocailles et stalactites.

77 — Deux jardinières composées de panneaux gothiques en bois sculpté.

PORCELAINES

78 — Deux grosses potiches en ancienne porcelaine du Japon, à riche décor de fleurs et lambrequins en bleu, rouge et or. Les couvercles sont en terre peinte à froid.

79 — Grosse et belle potiche en ancienne porcelaine de Chine, à riche décor en émaux de la famille rose, à lambrequins fleuris, fleurs, oiseaux et ornements.

80 — Potiche ovoïde en ancienne porcelaine du Japon, à médaillons de paysages en camaïeu bleu, reliés par des branches fleuries en bleu, rouge et or.

81 — Grosse potiche à pans en vieux Japon à décor de fleurs et d'oiseaux, en bleu sur émail blanc.

82 — Plat en vieux Japon, formant guéridon et monté en cuivre doré.

83 — Deux vases en porcelaine de Chine moderne.

84 — Wedgwood. Trois beaux vases de l'époque Louis XVI, de forme ovoïde et à deux anses, à décor de médaillons à figures, de guirlandes de fleurs, de feuilles et d'une frise offrant les signes du Zodiaque en biscuit blanc, en relief sur fond vert. Deux de ces vases sont accompagnés de leurs couvercles.

85 — Castelli. Plat décoré d'un paysage.

86 — Soupière à décor polychrome.

www.ingramcontent.com/pod-product-compliance
Ingram Content Group UK Ltd.
Pitfield, Milton Keynes, MK11 3LW, UK
UKHW021044260726
13994UKWH00005B/2343

9 782329 458304